CATALOGUE

D'UN

MOBILIER ARTISTIQUE

BIJOUX, ARGENTERIE

FAIENCES, PORCELAINES, CRISTAUX DE BOHÊME, BRONZES

Meubles laqués, Chambre à coucher Empire

ÉTOFFES, BRODERIES D'ORIENT, COSTUMES, TAPIS

LIVRES

VINS, COGNACS, ETC.

DONT

LA VENTE APRÈS DÉCÈS et VOLONTAIRE AURA LIEU

HOTEL DROUOT, SALLE Nº 11

Les 24 et 25 Janvier 1900, à 2 heures

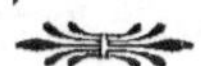

COMMISSAIRE-PRISEUR

Mᵉ J. BONNIN, *rue Taitbout*, 62

EXPERTS

Pour les Objets d'Art :	*Pour les Livres*
M. B. LASQUIN	**M. J. MARTIN**
12, rue Laffitte.	Rue de Savoie, 6.

EXPOSITION PUBLIQUE

Le Mardi 23 Janvier 1900, de 1 heure 1/2 à 5 heures 1/2

PARIS — 1900

IMPRIMERIE MAULDE et RENOU

MAULDE, DOUMENC & Cie

IMPRIMEURS DE LA COMPAGNIE DES COMMISSAIRES-PRISEURS

Rue de Rivoli, 144. — Paris

1"

Vente après décès de M. DOURLANS

Requête de M. LAVAREILLE, Administrateur Judiciaire

MOBILIER ARTISTIQUE

BIJOUX, ARGENTERIE, FAÏENCES DE RHODES

Anciennes Porcelaines de Chine, Bronzes du Japon, Armes, Objets divers

MEUBLES EN LAQUE ET INCRUSTÉS

Chambre à Coucher Empire, Billard, Bibliothèques, Sièges

ÉTOFFES ET BRODERIES CHINOISES — RICHES COSTUMES — TAPIS D'ORIENT

LIVRES

VINS FINS, COGNACS

———

2"

VENTE VOLONTAIRE

IMPORTANT SERVICE EN VERRERIE DE BOHÊME

Du XVIIIe Siècle

Porcelaines anciennes de Chine

HOTEL DROUOT, SALLE N° 11

Les Mercredi 24 et Jeudi 25 Janvier 1900, à 2 heures

Mᵉ J. BONNIN, COMMISSAIRE-PRISEUR

62, rue Taitbout

ASSISTÉ DE

Pour les Objets d'Art :	Pour les Livres :
M. B. LASQUIN	**M. J. MARTIN**
EXPERT	LIBRAIRE-EXPERT
Rue Laffitte, 12	Rue de Savoie, 6.

EXPOSITION PUBLIQUE

Le Mardi 23 Janvier 1900

DE UNE HEURE ET DEMIE A CINQ HEURES ET DEMIE

CONDITIONS DE LA VENTE

Elle se fera au comptant.

Les Acquéreurs paieront CINQ POUR CENT en sus des adjudications.

L'exposition permettant au public de se rendre compte de l'état des objets mis en vente, aucune réclamation ne sera admise une fois l'adjudication prononcée.

MAULDE, DOUMENC et Cⁱᵒ, imprimeurs de la Cⁱᵉ des Commissaires-Priseurs, rue de Rivoli, 144.   5oo—86272

Vente après décès de M. DOURLANS

DÉSIGNATION

BIJOUX

1 — Montre de dame, en or, à remontoir, de Bréguet, à Paris.

2 — Chaîne de montre en or avec papillon et breloques ornées de pierres de couleurs.

3 — Deux Boutons de manchettes et une Broche, Médailles romaines en argent, Monture or.

4 — Trois Boutons de chemise or et perles fines.

5 — Une Bague intaille et une Bague or émaillé.

ARGENTERIE

6 — Deux Bouts-de-Table à deux bougies, en argent, style Louis XV.

7 — Seau à glace en cristal avec garniture et double fond en argent.
Service en argent ciselé, de style Louis XV, contenu dans une gaine en chêne. Il comprend :

8 — Une Corbeille de milieu de forme ovale.

9 — Deux Plats longs de deux modèles.

10 — Un Plat rond.

11 — Une Soupière ronde et son Plateau.

12 — Une Écuelle et son Plateau.

13 — Un Réchaud.

14 — Un Dessous de plat.

15 — Un Sucrier.

16 — Un Porte-Huilier.

17 — Une Saucière.

18 — Un petit Sucrier.

19 — Une Salière, un Moutardier et sa Cuiller.

20 — Trois Coquetiers et trois Cuillers à œuf.

21 — Une Tasse, sa Soucoupe et une Cuiller.

22 — Quatre Dessous de carafes.

23 — Un Porte-Asperges et une Pince.

24 — Un Moulin à poivre.

25 — Six Bouchons ornés et deux unis.

26 — Une Louche et douze grands Couverts.

27 — Six Couverts à entremets.

28 — Six Cuillers à café et une Pince à sucre.

29 — Six Fourchettes à huîtres.

30 — Une Truelle à poisson.

31 — Six Porte-Couteaux.

32 — Trois Brochettes, une Spatule, un Casse-Noisettes.

33 — Un Couvert et trois Fourchettes à pâtisserie.

34 — Six Couteaux à dessert à lame d'argent et manche d'ivoire

35 — Un Étui à cigarettes en argent gravé et un Porte-Allumettes.

36 — Une Coupe coquille.

37 — Un petit Drageoir et deux Flacons à sel, un Porte-Crayon, deux Ronds de serviettes.

38 — Quatre Porte-Abat-Jour pour bougies.

39 — Yatagan à manche et Fourreau argentés.

40 — Un Coupe-Papier argent.

41 — Couvert à salade argent.

42 — Douze Couteaux de table et douze Couteaux à dessert.

43 — Deux Porte-Fleurs en cristal avec montures en argent doré à feuillages.

FAIENCES DE RHODES

44 — Plat en ancienne faïence de Rhodes, décor en couleurs, à rosace au centre et fleurs symétriques.

45 — Plat de Rhodes, décor de deux palmes et d'œillets en couleurs.

46 — Petit Plat de Rhodes, le fond décoré d'une rosace en couleurs.

47 — Plat de Rhodes décoré d'une palme et d'œillets en couleurs avec rehauts d'or.

PORCELAINES DE CHINE

48 — Vase rouleau en vieux Chine, décoré en émaux de couleurs de figures de personnages et d'enfants sur le corps du vase et de bambous sur le col.

49 — Vase balustre à large ouverture en vieux Chine, décorés de FOANGS et d'arbustes fleuris en émaux de couleurs.

50 — Vase balustre en vieux Chine émaillé en couleurs, représentant une réception chez un mandarin.

51 — Potiche en vieux Chine de la dynastie des Ming, décorée de chevaux courant et d'insignes en émaux de couleurs sur fond de flammes en rouge.

52 — Potiche en vieux Chine, décorée en couleurs, représentant un personnage en promenade près d'une rivière.

53 — Bouteille à panse sphérique en vieux Chine, décorée d'arbustes.

54 — Plaque rectangulaire en vieux Chine, offrant une scène d'intérieur, en émaux de couleurs.

55 -- Plaque en vieux Chine, décorée d'un dragon à cinq griffes, en rouge de fer.

56 — Flacon carré en vieux Chine, décoré de chrysanthèmes en couleurs et or.

57 — Disque en blanc de Chine, offrant un dragon en relief.

58 — Plat en porcelaine du Japon, décoré d'arbustes en couleurs.

59 — Plat en poterie de Satzuma, décoré de plantes au centre et de figures au pourtour.

60 — Grande Vasque en terre émaillée de Chine, décor gaufré blanc sur fond bleu.

61 — Jardinière en porcelaine du Japon, décor bleu.

62 — Vase ovoïde en porcelaine de Chine gaufrée en blanc.

63-67 — Soixante-huit pièces Plats, Assiettes et Compotiers en porcelaine du Japon ancienne et moderne, de décors variés.

68 — Huit Bols divers en porcelaine du Japon.

ÉMAUX CLOISONNÉS

69 — Deux Lampes montées sur vases en émail cloisonné Chine, fond turquoise, à ornements arabesques.

70 — Deux Lampes montées sur bouteilles en émail cloisonné de Chine, fond noir à fleurs et arbustes.

71 — Deux Bouteilles en émail cloisonné de Chine, fond turquoise, socles en bronze doré.

72 — Jardinière quadrilobée en émail cloisonné de Chine, socle en bronze.

BRONZES, ARMES, OBJETS D'ART

73 — Garniture de cinq pièces : Flambeaux, Brûle-Parfums et Cornets en bronze sur Japon gravé.

74-76 — Trois Braseros japonais en bronze, l'un de forme hexagonale, le deuxième de forme oblongue, le troisième en forme de fruit.

78-83 — Divers objets d'étagère en bronze japonais : Bouteilles, Flambeaux, Brûle-Parfums, Vases etc.

84 — Grand Vase carré en bronze du Japon à arêtes en relief.

85 — Deux Flambeaux en bronze japonais.

86 — Vase balustre gravé et Vase bouteille en bronze du Japon.

87 — Divers Vases et Buires en cuivre gravé de travail oriental, Plateaux, etc.

88 — Éventails et objets d'étagère de Chine et du Japon.

89 — Vase hexagonal en laque rouge avec compartiments incrustés de nacre.

90 — Diverses Divinités boudhiques en bois doré.

91 — Sabre indien.

92 — Yatagan à manche en ivoire.

93 — Poignard japonais.

94 — Gong japonais.

95 — Croix et plateau en bois incrusté de burgau.

96 — Devant de Cuirasse, trois Casques de dragons.

97   Lance de Dragon, Fusil de munition, Revolvers.

98 — Armes de parade et Fleurets.

99 — Suspension de Billard composée de flacons et de vases persans en damas et en cuivre.

MEUBLES

100 — Meuble Etagère japonais en bois sculpté, laqué et incrusté.

101 — Petite Vitrine de style chinois, en bois noir sculpté.

102 — Petite Etagère de même style.

103 — Tabernacle ou autel de divinité boudhique, en bois laqué et doré, l'intérieur renferme divers ustensiles.

104 — Chambre à coucher Empire, en bois ronceux, composée d'un Lit, une Commode, un Secrétaire et une Table de nuit.

105 — Petite Toilette avec miroir de même travail.

106 — Guéridon de même travail à dessus de marbre.

107 — Billard en palissandre à bandes américaines de William Saint-Martin et Cᵒ, avec accessoires.

108-109 — Deux Supports de style chinois, en bois sculpté.

110 — Chaise-Longue forme Louis XV, garnie de cuivre.

111 — Fauteuil de même modèle.

112 — Sièges divers.

113 — Quatre corps de Bibliothèque et une Armoire vitrée.

114 — Pendule borne en marbre de Sienne avec statuette de Vénus accroupie, un bronze et deux coupes assorties.

115 — Deux Flambeaux genre Louis XV. en cuivre.

116 — Meubles divers.

TENTURES, ÉTOFFES, TAPIS

117-127 — Onze pièces, Tentures et Portières en anciennes broderies portugaises et chinoises.

128 — Dessus de Billard en tissu de soie japonais à oiseaux et arbustes.

129 — Paravent de cheminée en broderie de Recht.

130 — Huit Carpettes persanes anciennes, de dessins variés.

130-136 — Six Costumes de mandarins en satin de chine et broderies de soie de nuances variées, d'une grande richesse.

137 — Quatre rideaux en broderie de soie de Chine sur fond de satin de nuances variées.

LIVRES

138 — Deux mille Volumes de littérature et d'histoire, classiques grecs et latins. — Œuvres de Montaigne, Molière, Racine, La Fontaine, J.-J. Rousseau, Voltaire, Lamartine, Victor Hugo, Musset, etc. — Mémoires de Saint Simon, Tallemant des Réaux, De Retz, D'Argenson, duc de Raguse, roi Joseph, Gouvion Saint-Cyr, Mathieu Dumas, ouvrages illustrés, Correspondance de Napoléon Ier. Romans, Dictionnaires, Publications de Lemerre et Jouaust, Livres anglais, Sainte-Beuve, Taine, etc., etc.

VINS ET LIQUEURS

139 — Environ deux mille Bouteilles de vins et liqueurs. — Vins fins de Bordeaux et Bourgogne, Champagne Rœderer, Cognac, etc.

140 — Linge de corps et de ménage, bonne Garde-robe d'homme, Literie, Tapis et Tentures.

141 — Vaisselle, Verrerie, Ustensiles de cuisine et de ménage

VENTE VOLONTAIRE

SERVICE EN VERRE DE BOHÊME

142 — Important Service en ancien verre de Bohème,
décor en dorure à guirlandes de feuillages et rubans ;
il comprend 83 pièces :

Un grand Plateau long ;

Deux Plateaux ovales ;

Sept Plateaux festonnés ;

Six petits Plateaux à sorbets ;

Deux petits Plateaux forme cœur ;

Une petite Jardinière ;

Trois Coupes carrées, dont une avec couvercle ;

Un Plat creux ;

Deux Confituriers ronds, avec couvercles ;

Deux Confituriers ovales, avec cinq plateaux ;

Un Sucrier, un Pot à crème ;

Cinq Carafes à anse ;

Deux paires de Carafons à liqueurs ;

Quatre Vases porte-bouquets ;

Quinze Verres à pied ;

Huit Verres gobelets ;

Quinze petits Verres à liqueurs. *(Pourra être
divisé.)*

ANCIENNES PORCELAINES DE CHINE

143 — Deux belles Assiettes, en vieux Chine, décorées en émaux de couleurs, offrant au centre une femme, un enfant et un cerf; chute quadrillée et fleurs sur la bordure.

144 — Quatre Compotiers à bordure festonnée en vieux Chine, à fleurs en émaux roses.

145 — Cinq Assiettes vieux Chine, décorées de faisans et de fleurs en émaux de la famille rose.

146 — Deux petits Plats et deux Assiettes en vieux Chine, riche décor en émaux de la famille rose.

147 — Deux Plats de dimensions variées, en vieux Chine, décor de fleurs en émaux de la famille rose.

148 — Quatre Assiettes à très riche décor en émaux de couleurs et or : corbeille au centre avec lambrequins sur la chute.

149 — Jardinière oblongue en porcelaine de l'Inde, à figures.

150 — Trois Tasses à une anse et leurs soucoupes, en vieux Chine, à riche décor de médaillons de fleurs dans des vases, en émaux de couleurs, avec rehauts en dorure.

151 — Tasse et sa soucoupe de même forme, celle-ci ornée de lambrequins, et une Théière de même décor.

152 — Deux Tasses et soucoupes en porcelaine de Chine, l'une décorée de figures, l'autre de médaillons de fleurs.

153 — Soucoupe en vieux Chine, décor de figures et animaux en rouge de fer et or.

154 — Six Tasses sans anse, trois Tasses à une anse, et six Soucoupes en vieux Chine, décor à sujets familiers en émaux de couleurs.

155 — Quatre petits Bols et deux Soucoupes en vieux Chine, décor en émaux de la famille rose, à lambrequins et fleurs.

156 — Cinq Tasses et six Soucoupes en porcelaine mince de la Chine, décor de fleurs en émaux de couleurs sur fond rayonnant en traits noirs.

157 — Petite Tasse en émail de Chine, décor de paysage.

158 — Deux petits Plateaux en vieux Japon, décor de fleurs en bleu, rouge et or.

PORCELAINES DIVERSES ET FAIENCES

159 — Bol en vieux Saxe, décoré de fleurs.

160 — Pot à lait en porcelaine allemande, décor en camaïeu rose, offrant deux sujets pastoraux.

161 — Tasse droite et sa Soucoupe en porcelaine fond rose, décor de losanges et de palmettes.

162 — Cafetière et Pot à crème en porcelaine Empire,
décor de paysages sur fond gros bleu.

163 — Tasse quadrilobée et sa Soucoupe en vieux Saxe,
décor de fleurs et insectes.

164 — Deux Tasses à anse et piédouche et leurs Soucoupes en porcelaine du temps de l'Empire, décor
de paysage et fond en dorure.

165 — Deux tasses de même forme et leurs Soucoupes,
décor à deux médaillons de figures, l'une sur fond
vert, l'autre à fond rouge.

166 — Tasse Empire et sa Soucoupe, décor en dorure
sur fond gros bleu.

167 — Tasse et Soucoupe Empire à médaillon de fruits
fond bleu.

168 — Sucrier à deux anses en faïence de Strasbourg,
décor de fleurs.

169 — Deux Vases balustres en faïence, genre Palissy
à feuillage.

170 — Plateau en faïence, genre Marseille, Pâtre et
Chèvre dans un paysage, bordure ajourée à
guirlandes.